U0063702

看圖寫作就三步

—— 從 20 字到 200 字

初階篇

商務印書館

本書繁體中文版由人民郵電出版社有限公司授權商務印書館(香港)有限公司在香港、澳門地區出版。

看圖寫作就三步 —— 從 20 字到 200 字（初階篇）

編　　著：小鉛筆作文研究中心

責任編輯：吳一帆

封面設計：張　毅

出　　版：商務印書館 (香港) 有限公司

　　　　　香港筲箕灣耀興道 3 號東滙廣場 8 樓

　　　　　http://www.commercialpress.com.hk

發　　行：香港聯合書刊物流有限公司

　　　　　香港新界荃灣德士古道 220-248 號荃灣工業中心 16 樓

印　　刷：美雅印刷製本有限公司

　　　　　九龍觀塘榮業街 6 號海濱工業大廈 4 樓 A 室

版　　次：2024 年 11 月第 1 版第 5 次印刷

　　　　　© 2019 商務印書館 (香港) 有限公司

　　　　　ISBN 978 962 07 0557 1

　　　　　Printed in Hong Kong

版權所有，不准以任何方式，在世界任何地區，以中文或其他文字翻印、仿製或轉載本書圖版和文字之一部分或全部。

前言

　　寫作是小學中國語文學習不可或缺的部分，也是孩子考試的丟分區。許多小學生因為詞彙量少，觀察力與邏輯力較弱，要寫連貫細緻的文字，並非一件容易的事。

　　我們詳細研究了市面上大量的作文輔導讀物，結合多年的實際教學經驗，取長補短，編寫了這套簡單易學、提綱挈領的《看圖寫作就三步 —— 從 20 字到 200 字》，幫助孩子更好地進行作文起步訓練。

　　本書總結出了小學生寫作文最簡單有效的方法，將寫作方法和技巧，簡化成三個步驟：一、抓要素，二、找細節，三、加想像；配合生動有趣的圖畫，以小學生最容易接受的方式，直觀明瞭地呈現。

　　這看似簡單的三步，實則既培養了孩子的觀察力、分析力，又促進了孩子的想像力、表達力，保護了孩子的寫作個性，激發了孩子的思維潛能；既滿足了應試作文的要求，又使孩子的作文脫離了流水線作文的千篇一律。

　　經過學習本書，孩子在寫作文的時候，會由毫無頭緒、充滿畏懼、不知如何下筆，變成胸有成竹、下筆有序、敢寫愛寫。寫作將不再是考試的丟分區，孩子會從此愛上寫作，真正開始享受寫作的樂趣。

小鉛筆作文研究中心

目錄

可愛的大熊貓

1 抓要素，寫一句話

時間	晴朗的午後
地點	動物園
誰	大熊貓
幹甚麼	爬竹子

　　晴朗的午後，動物園裏的大熊貓爬在竹子上玩耍。

約20字

外形	動作	環境
圓圓的臉和耳朵 黑白相間的皮毛	爬竹子	枝繁葉茂

2 找細節，把句子拉長

晴朗的午後，媽媽帶我去動物園的熊貓館玩。一隻大熊貓爬在枝繁葉茂的竹子上玩耍。大熊貓長得非常可愛，牠有圓圓的臉和耳朵，身上的皮毛黑白相間。牠爬在竹子上那笨拙的樣子，特別逗人喜愛。

約100字

字詞記一記 臉 耳朵 眼睛 鼻子 嘴巴

③ 加想像，讓句子變胖

大熊貓為甚麼要爬上竹子呢？牠長得又圓又胖，爬竹子多費勁啊！

我説

你把自己當成大熊貓去想一想。

媽媽説

　　晴朗的午後，媽媽帶我去動物園的熊貓館玩。一隻大熊貓正爬在枝繁葉茂的竹子上玩耍。大熊貓長得非常可愛，牠有圓圓的臉和耳朵，身上的皮毛黑白相間。牠爬在竹子上那笨拙的樣子，特別逗人喜愛。我有些奇怪地問媽媽：「大熊貓為甚麼要爬上竹子呢？牠長得又圓又胖，爬竹子多費勁啊！」媽媽笑着説：「你把自己當成大熊貓想一想。」我想了一會兒説：「可能是為了吃到竹梢上的嫩竹葉；也有可能是為了好玩。」

約200字

好詞學一個 枝繁葉茂 ｜ 形容枝葉繁盛茂密；也比喻家族人丁興旺，子孫後代多。

練一練

有趣的大象

1 抓要素

時間

地點

誰

幹甚麼

2 找細節

環境

動作

外形

小貼士

仔細觀察大象，牠有甚麼特別的地方？

好詞大口袋

溫和　憨厚　高大　粗壯
龐然大物　力大無比

3 加上想像寫出來

延伸
想一想
長鼻子　大耳朵　粗壯的腿

我的小書包

1 抓要素，寫一句話

甚麼東西	書包
誰的	我的
顏色	藍色

我有一個藍色的書包，我天天背着它去學校。

約20字

2 找細節，把句子拉長

外形
穿着一件藍色的衣服
衣服上印着超人圖案

用處
裝着我每天上課要用的書本

評價
我很喜歡它

　　我有一個漂亮的小書包，我天天背着它去學校。它穿着一件藍色的衣服，衣服上印着超人在天空中飛行的圖案，特別神氣。小書包有很多口袋，裝着我每天上課要用的書本。兩側的小兜，用來裝我的水杯和紙巾，還有跳繩。我很喜歡我的小書包。

約100字

字詞記一記　　衣服　口袋　褲子　裙　鞋

③ 加想像，讓句子變胖

它就像一個小管家，把我的學習用具管理得井井有條。

想一想

它也像一個好朋友，每天默默地陪伴我上學、放學。

想一想

　　我有一個漂亮的小書包，我天天背着它去學校。它穿着一件藍色的衣服，衣服上印着超人在天空中飛行的圖案，特別神氣。小書包有很多口袋，裝着我每天上課要用的書本，有數學書、語文書、英語書……它兩側的小兜，用來裝我的水杯和紙巾，還有跳繩。我每天上學要用的東西都能從小書包裏找出來，它就像一個小管家，把我的學習用具管理得井井有條。它也像一個好朋友，每天默默地陪伴我上學、放學。我非常喜歡我的小書包。

約200字

好詞學一個 井井有條 | 形容條理分明，整齊不亂。

我的鉛筆盒

① 抓要素

② 找細節

抓要素	找細節
甚麼東西	外形
誰的	用處
顏色	評價

小貼士

寫物一定要注意順序。仔細觀察這個鉛筆盒，它的外觀是甚麼樣的？裏面都裝了甚麼學習用具？

好詞大口袋

精緻　工工整整　結實
造型　心愛的　嶄新
陪伴　安心　耐用

③ 加上想像寫出來

延伸
想一想

工工整整　乾乾淨淨　整整齊齊

大 冰 箱

抓要素，
寫一句話

甚麼東西	冰箱
誰的	正正家的
顏色	白色

　　正正家裏有一台白色的大冰箱，裏面裝滿了好吃的。正正特別喜歡它。

約20字

評價	用處	外形
喜愛大冰箱	冷藏和保鮮食物	白色的外衣 近兩米高

　　正正家裏有一台大大的冰箱，它身穿白色的外衣，近兩米高，整天默不作聲地站在牆角。它的身體分為上下兩個部分，上面是保鮮室，用來放蔬菜水果；下面是冷凍室，用來放雞鴨魚肉。正正覺得他家的冰箱非常能幹，能讓好吃的食物保持新鮮，他特別喜歡這個大冰箱。

約100字

字詞 記一記 白 紅 黃 綠 藍 紫

3 加想像，讓句子變胖

下面門裏的溫度可比上面低多了，甚麼東西放進去都會凍得硬邦邦的。這裏是冷凍室，放着許多雞鴨魚肉和冰淇淋。

從冰箱裏拿出冰淇淋來吃，特別消暑。

正正看　　正正做

　　正正家裏有一台大大的冰箱，它身穿白色的外衣，近兩米高，整天默不作聲地站在牆角。它的身體分為上下兩個部分，上面是保鮮室，用來放蔬菜水果和好喝的飲料，門裏邊有兩層架子，用來放雞蛋，雞蛋放在這裏穩穩當當；下面門裏的溫度可比上面低多了，甚麼東西放進去都會凍得硬邦邦的，這裏是冷凍室，放着雞鴨魚肉和冰淇淋。夏天天氣悶熱，正正最開心的事，就是從冰箱裏拿出冰淇淋來吃，特別消暑。正正覺得他家的冰箱非常能幹，能讓好吃的食物保持新鮮，他特別喜歡這個大冰箱。

約200字

好詞
學一個　默不作聲 ｜ 不說話，不出聲，表示沉默的樣子。

電 視 機

① 抓要素

- 甚麼東西
- 誰的
- 顏色

② 找細節

- 外形
- 用處
- 評價

小貼士

電視陪伴你度過了很多快樂的時光吧？把這些寫出來吧。

好詞大口袋

精彩紛呈　哈哈大笑　陪伴
喜愛　快樂時光　規則
方方正正　清晰

③ 加上想像寫出來

延伸
想一想
快樂　高興　哈哈大笑　笑眯眯

小燕子回來了

1 抓要素，寫一句話

時間	春天

地點	田野

有甚麼	桃花　柳樹　小燕子

　　春天來了。桃花開了，柳樹長出嫩芽，小燕子也從南方飛回來了。

約20字

畫面	近景	遠景
柳枝擺動　燕子飛舞 桃花盛開	盛開的桃花	穿過柳樹枝的小燕子

　　春天來了，冰雪都融化了，萬物復甦。柳樹長出了綠綠的嫩芽，桃花也綻開了美麗的笑臉。成羣結隊的小燕子從南方飛回來了，牠們嘰嘰喳喳地叫着，快樂地在柳枝中穿行，彷彿在捉迷藏。

　　　　　　　　　　　　　　　　　　約100字

**字詞
記一記**　春天　春風　春光　春暖花開

③ 加想像，讓句子變胖

春天可真神奇！它一到來，乾枯的樹枝就長出了綠芽，開出了鮮豔的花朵，天氣也變得暖和了。

彷彿有個看不見的畫家，將世界從沉悶的黑白色變成了令人快樂的彩色。春天就是那個神奇的畫家！

 想一想 想一想

　　春天來了，冰雪都融化了，萬物復甦。柳樹長出了綠綠的嫩芽，桃花也綻開了美麗的笑臉。成羣結隊的小燕子從南方飛回來了，牠們嘰嘰喳喳地叫着，快樂地在柳枝中穿行，彷彿在捉迷藏。春天可真神奇！它一到來，乾枯的樹枝就長出了綠芽，開出了鮮豔的花朵，氣候也變得暖和了。彷彿有個看不見的畫家，將世界從沉悶的黑白色變成了令人快樂的彩色。春天就是那個神奇的畫家！

約200字

好詞學一個 萬物復甦 ｜ 春回大地，天氣變暖了，樹綠了，草青了，各種動物都甦醒過來了。

練一練

小蜜蜂採蜜

抓要素

| 時間 |
| 地點 |
| 有甚麼 |

2
找細節

| 遠景 |
| 近景 |
| 畫面 |

小貼士

小蜜蜂為甚麼要每天辛勤工作？牠為我們作了甚麼貢獻？

好詞大口袋

忙忙碌碌　勤勞　香甜可口
五顏六色　路途遙遠　獨特
團結友愛

3 加上想像寫出來

延伸
想一想

五顏六色　一心一意　七上八下　九牛一毛

海邊風景

1 抓要素，寫一句話

時間	夏天
地點	海灘
有甚麼	傘椅　椰子樹　帆船

　　美麗的海灘風景如畫。岸邊的椰樹下放着傘椅，遠處的海面上有幾條帆船。

約20字

② 找細節，把句子拉長

遠景	近景	畫面
帆船 太陽 潔白的雲朵	傘椅 桌子上有飲料 椰子樹	美麗的海灘風光 令人神往

　　晴朗的天空中有紅紅的太陽，照耀着藍藍的大海。遠處的海面上有幾條帆船。岸邊的椰樹，有的站得直直的，有的彎着腰。沙灘上放着一套傘椅，桌子上有一杯可口的飲料。海灘風景真是太令人神往了！

約100字

方法 學一學　　紅紅的太陽　藍藍的大海　站得直直的

3 加想像，讓句子變胖

遠遠望去，海中的小島就像一顆鑲在藍色綢緞上的綠寶石，真是太美了！

要是我現在就來到這美麗的海灘，站在椰子樹下欣賞海景，該有多好！

想一想

想一想

　　晴朗的天空中有紅紅的太陽，照耀着藍藍的大海。遠處的海面上有幾條帆船。岸邊的椰樹，有的站得直直的，有的彎着腰。沙灘上放着一套傘椅，桌子上有一杯可口的飲料。遠遠望去，海中的小島就像一顆鑲在藍色綢緞上的綠寶石，真是太美了！要是我現在就來到這美麗的海灘，站在椰子樹下欣賞海景，該有多好！海灘風景真是太令人神往了！

約200字

好詞學一個 令人神往 │ 心中對某種景象特別嚮往，雖然沒見到，但是一直在想像自己已經見到。

小荷塘

❶ 抓要素

| 時間 |
| 地點 |
| 有甚麼 |

❷ 找細節

| 遠景 |
| 近景 |
| 畫面 |

小貼士

小荷塘裏的荷花是甚麼樣子的？蓮蓬是長在哪裏的？問問爸爸、媽媽吧。

好詞大口袋

亭亭玉立　含苞待放　冰清玉潔
清香怡人　凝結　景致
碧波蕩漾　迎風搖曳

❸ 加上想像寫出來

延伸
想一想　荷花　梅花　蘭花　菊花　紫荊花

收穫的秋天

1 抓要素，寫一句話

時間	秋天

地點	田野

有甚麼	大雁　果樹

秋天來了，田野裏一片豐收的景象，大雁飛向了南方。

約20字

② 找細節，把句子拉長

遠景	近景	畫面
排成人字形飛翔的大雁	果樹　高粱　落葉	碩果纍纍　落葉飄飛 大雁南飛

　　金秋時節，山野就是一幅美麗的圖畫。樹上碩果纍纍，有黃澄澄的梨子、紅彤彤的蘋果。田裏也是一片豐收的景象，高粱、粟米都沉甸甸的。金黃的樹葉飄落，大雁向南方飛去了。我喜歡秋天，秋天是個收穫的季節。

約100字

字詞記一記　黃澄澄　紅彤彤　沉甸甸　綠油油　白茫茫

3 加想像，讓句子變胖

農民伯伯開心地收穫着他們的勞動成果。

大雁這時也排起了人字形的隊伍，向南方飛去，牠們要到明年春天才飛回來。

 想一想

 想一想

　　金秋時節，山野就是一幅美麗的圖畫。樹上碩果纍纍，有黃澄澄的梨子、紅彤彤的蘋果。田裏也是一片豐收的景象，高粱、粟米都沉甸甸的，農民伯伯開心地收穫着他們的勞動成果。金黃的樹葉像蝴蝶一樣輕輕地飄落在地上，給大地披上一層厚厚的毯子。大雁這時排起了人字形的隊伍，向南方飛去，牠們要到明年春天才飛回來。我喜歡秋天，秋天是個收穫的季節。

約200字

好詞 學一個 碩果纍纍 | 碩果，大的果實。纍纍，形容積累很多。指結的果實又大又多。也比喻所取得的優異成績很多。

練一練

秋天的田野

❶ 抓要素

| 時間 |
| 地點 |
| 有甚麼 |

❷ 找細節

| 遠景 |
| 近景 |
| 畫面 |

小貼士

要抓住圖中所畫的秋天的
特點，仔細觀察再落筆。

好詞大口袋

層林盡染　秋風送爽
風輕雲淡　落葉紛飛
飄舞　成熟　果實纍纍

❸ 加上想像寫出來

延伸 想一想　秋風送爽　秋高氣爽　一葉知秋　春華秋實

冬天來了

1

抓要素，寫一句話

時間	冬天
地點	戶外
有甚麼	雪花　雪人　房屋

　　冬天來了，戶外雪花飄落，大家高興地堆起了雪人。

約20字

畫面	近景	遠景	② 找細節，把句子拉長
整個世界銀裝素裹	雪人	房子　飄飛的雪花	

　　秋姑娘剛走，冬爺爺就來了，他可能是年紀太大了，一邊走，一邊大口喘着粗氣，呼哧呼哧地把樹葉都吹沒了。潔白的雪花跳着優美的舞蹈，從天空中飄落下來，整個世界銀裝素裹。大家都在雪地裏堆起了可愛的雪人。

約100字

方法　學一學　一邊走，一邊大口喘着粗氣

③ 加想像，讓句子變胖

雪人被堆得又怪又可愛。

它有大大的肚子、小小的嘴巴、胡蘿蔔做的尖尖的鼻子、兩顆用黑彈珠做成的眼睛，還戴着可愛的小圍巾。

想一想　　　　想一想

秋姑娘剛走，冬爺爺就來了，他可能是年紀太大了，一邊走，一邊大口喘着粗氣，呼味呼味地把樹葉都吹沒了。潔白的雪花跳着優美的舞蹈，從天空中飄落下來，整個世界銀裝素裹。房子上、樹上、地上……到處是白茫茫的一片。人們在雪地裏堆起了雪人，雪人被堆得又怪又可愛。它有大大的肚子、小小的嘴巴、胡蘿蔔做的尖尖的鼻子、兩顆用黑彈珠做成的眼睛，還戴着可愛的小圍巾，一副怕冷的樣子，真是有趣極了。能堆雪人，是我總盼着冬天到來的原因。

約200字

好詞 學一個　銀裝素裹 | 形容雪後一片白色的美麗景色。銀、素：白色；裹：包。

練一練

下雪了

❶ 抓要素

- 時間
- 地點
- 有甚麼

❷ 找細節

- 遠景
- 近景
- 畫面

小貼士

雪是冰涼的，雪花在你的手掌上轉眼就會融化。從感覺方面寫一寫雪。

好詞大口袋

紛紛揚揚　冰天雪地
白雪皚皚　瑞雪兆豐年
白茫茫　　冰涼

❸ 加上想像寫出來

延伸 想一想

冰天雪地　雪中送炭　雪上加霜

小熊掃落葉

1 抓要素，寫一句話

時間	秋天
地點	樹林裏
誰	小熊
幹甚麼	掃落葉

秋天到了，樹上的葉子都落了下來，小熊去清掃落葉。

約20字

2

找細節，把句子拉長

表情	動作	環境
開心	拿着掃帚 仔細地掃落葉	樹林　房子 五顏六色的落葉

　　秋天到了，樹上的葉子都飄落了。小熊家的門口有各種各樣的樹，有楓樹、柳樹，還有銀杏樹，樹下落了厚厚的一層樹葉。小熊看到葉子的形狀各種各樣，五顏六色，覺得很漂亮，於是拿起掃帚掃了一些，準備收集起來做樹葉畫。

約100字

字詞記一記　漂亮　好看　美麗　美不勝收

③ 加想像，讓句子變胖

銀杏樹葉黃澄澄的，可以做小女孩的裙子；楓樹葉紅彤彤的，可以當作一棵大樹；柳樹葉細長細長的，可以當作小路。

牠越想越開心，手裏掃得更起勁了。

 想一想　　做一做

　　秋天到了，樹上的葉子都飄落了。小熊家的門口有各種各樣的樹，有楓樹、柳樹，還有銀杏樹，樹下落了厚厚的一層樹葉。小熊看到葉子的形狀各種各樣，五顏六色，覺得很漂亮，於是拿起掃帚掃了一些，準備收集起來做樹葉畫。小熊一邊掃一邊想：「銀杏樹葉黃澄澄的，可以做小女孩的裙子；楓樹葉紅彤彤的，可以當作一棵大樹；柳樹葉細長細長的，可以當作小路。」牠越想越開心，手裏掃得更起勁了。

約200字

好詞 學一個　五顏六色 ｜ 形容色彩複雜而豔麗或花樣繁多。

別人的草莓

1 抓要素

> 時間
>
> 地點
>
> 誰
>
> 幹甚麼

2 找細節

> 環境
>
> 動作
>
> 表情

小貼士

小刺蝟很喜歡吃紅紅的草莓，可是這片草莓田是有主人的，小刺蝟要怎麼做呢？

好詞大口代表

紅彤彤　垂涎欲滴　香甜可口
迫不及待　為難　決定

3 加上想像寫出來

延伸
想一想　垂涎欲滴　有滋有味　津津有味

不要摘花

①

抓要素，寫一句話

時間	秋天的週末
地點	公園
誰	雯雯和媽媽
幹甚麼	雯雯摘花　媽媽不讓

秋天的週末，媽媽帶雯雯去公園玩。雯雯看到花想摘，媽媽不讓她摘。

約20字

表情	動作	環境	2

找細節，把句子拉長

表情	動作	環境
媽媽微笑　雯雯疑惑	伸手摘花　搖手阻止	草地　亭子　盛開的菊花

　　秋天到了，公園裏的菊花盛開了，媽媽帶着雯雯去公園看花。公園的景色很美，黃綠相間的草坪、紅頂的亭子、巧奪天工的假山，最美的還是那些金燦燦的菊花。雯雯看着那些像大金球一樣的菊花，忍不住伸出手想摘一朵。媽媽看見了，連忙對她搖手，不讓她摘。

約100字

溫故而知新　金燦燦　黃澄澄　紅彤彤　沉甸甸　白茫茫

3 加想像，讓句子變胖

媽媽説

如果每個看見花的人都摘一朵，這裏的花遲早會被摘光的。

雯雯説

我明白了，摘花是不文明的行為，會破壞環境！以後我再也不摘花了。

　　秋天到了，公園裏的菊花盛開了，媽媽帶着雯雯去公園看花。公園裏景色怡人，黃綠相間的草坪、紅頂的亭子、巧奪天工的假山，最美的還是那些金燦燦的菊花。雯雯看着那些像大金球一樣的菊花，忍不住伸手想摘一朵。媽媽看見了，連忙對她搖手，不讓她摘。媽媽對雯雯説：「媽媽知道你喜歡，但是如果每個看見花的人都摘一朵，這裏的花遲早會被摘光的！到時候這裏就變得光秃秃的，多難看。」雯雯低着頭想了一下，説：「媽媽，我明白了，摘花是不文明的行為，會破壞環境！以後我再也不摘花了。」

約200字

好詞 學一個 | 巧奪天工 | 人工的精巧勝過天然，形容技藝十分巧妙。

奶奶辛苦了

① 抓要素

- 時間
- 地點
- 誰
- 幹甚麼

② 找細節

- 環境
- 動作
- 表情

小貼士

奶奶為甚麼會腰疼？
從這個角度想想看。

好詞大口代衣

擔心　體貼　腰酸腿疼
辛苦　欣慰　眉開眼笑

③ 加上想像寫出來

延伸
想一想

腰酸腿疼　眉開眼笑　毛手毛腳　口是心非

釣魚

1 抓要素，寫一句話

時間	週末的中午
地點	池塘邊
誰	天天
幹甚麼	釣魚

　　一個週末的中午，天天來到池塘邊釣魚，很快就釣上了一條大魚。

約20字

找細節，把句子拉長

表情	動作	環境
高興　大笑	使勁向上提着魚竿	陽光明媚 柳樹上有知了 魚上鈎了

　　一個週末的中午，太陽公公笑眯眯咪地照耀着大地，知了躲在柳樹長長的枝條裏大聲地唱着歌。天天帶着魚簍和魚竿來到小河邊釣魚。他在魚鈎上放好魚餌，然後將魚鈎扔到河裏去。不一會兒，就有魚上鈎了，天天用力向上提起魚竿，只見一條大魚躍出水面，天天高興地大笑起來。

約100字

字詞記一記　笑眯眯　笑呵呵　笑嘻嘻　笑容可掬

③ 加想像，讓句子變胖

他從兜裏掏出爸爸特意為他做的，泡了香油的魚餌，小心翼翼地掛在魚鉤上。

爸爸做的魚餌真棒，一下子就捉住了你這條饞嘴的魚！

 想一想

 説一説

　　一個週末的中午，太陽公公笑眯眯地照耀着大地，知了躲在柳樹長長的枝條裏大聲地唱着歌。天天帶着魚簍和魚竿來到小河邊釣魚。他從兜裏掏出爸爸特意為他做的，泡了香油的魚餌，小心翼翼地掛在魚鉤上，然後將魚鉤扔到河裏。不一會兒就有魚上鉤了。天天看準時機，猛地一下提起魚竿，只見一條大魚躍出水面，天天高興地大笑起來：「爸爸做的魚餌真棒，一下子就捉住了你這條饞嘴的魚！」

約200字

好詞學一個 小心翼翼 ｜ 形容謹慎小心，一點兒也不敢疏忽。

我和爸爸釣魚

❶ 抓要素

- 時間
- 地點
- 誰
- 幹甚麼

❷ 找細節

- 環境
- 動作
- 表情

小貼士

釣魚是有訣竅的，爸爸一定知道吧？他是怎麼教的？

好詞大口袋

屏息靜氣　一動不動　驚喜
沮喪　信心　鼓勵　收穫
游來游去　狡猾　焦急

❸ 加上想像寫出來

延伸 想一想

焦急　着急　焦躁　焦慮　迫不及待

看星星

1 抓要素，寫一句話

時間	晚上
地點	窗前
誰	軒軒
幹甚麼	看星星

晚上，軒軒做完作業，站在窗前看星星。

約20字

表情	動作	環境	② 找細節，把句子拉長
專注　意外	扒着窗台　踮着腳尖	敞開的窗戶前繁星閃爍	

　　晚上，軒軒做完作業，扒着窗台看星星。繁星閃爍，就像是一顆顆美麗的鑽石，在天空中排列出各種各樣的圖案。軒軒認出了老師講過的北斗七星，他興奮地踮着腳尖叫了起來。

約100字

方法學一學 繁星閃爍，就像是一顆顆美麗的鑽石

3 加想像，讓句子變胖

這些星星都叫甚麼名字？離我們有多遠？星星上是甚麼樣子的呢？

我長大以後要成為一位天文學家，認識宇宙中所有的星星。還要開着宇宙飛船，去最美的星星上參觀！

想一想 想一想

　　晚上，軒軒做完作業，扒着窗台看星星。繁星閃爍，就像是一顆顆美麗的鑽石，在天空中排列出各種各樣的圖案。軒軒認出了老師講過的北斗七星，他興奮地踮着腳尖叫了起來。軒軒看着星空想：「這些星星都叫甚麼名字？離我們到底有多遠？星星上面又是甚麼樣子的呢？」軒軒暗暗下決心：「我長大以後要成為一位天文學家，認識宇宙中所有的星星。還要開着宇宙飛船，去最美的星星上參觀！」

約200字

好詞 學一個 繁星閃爍 | 很多星星在天空中閃閃發光。

觀察蝴蝶

❶ 抓要素

| 時間 |
| 地點 |
| 誰 |
| 幹甚麼 |

❷ 找細節

| 環境 |
| 動作 |
| 表情 |

小貼士

寫一寫細節：花朵的顏色，蝴蝶的翅膀，小女孩的表情和心情。

好詞大口袋

翩翩飛舞　鮮豔　香氣撲鼻
嫩綠　驚訝　纖細　色彩斑斕

❸ 加上想像寫出來

延伸
想一想　色彩斑斕　五顏六色　五彩繽紛　萬紫千紅

盪鞦韆

1 抓要素，寫一句話

時間	秋天
地點	公園
誰	小彬
幹甚麼	盪鞦韆

落葉紛飛的秋天，小彬在公園裏快樂地盪鞦韆。

約20字

表情	動作	環境
開心	雙手抓緊鞦韆繩 把鞦韆盪得很高	楓葉飛揚　小彬戴着圍巾

　　秋高氣爽，小彬來到公園裏的楓樹下盪鞦韆。他穿着毛衣，繫着圍巾，在秋風裏也不覺得冷。他把鞦韆盪得高高的，楓葉在風中飛揚，小彬玩得非常開心。

約100字

溫故而知新　他把鞦韆盪得高高的　站得直直的

③ 加想像，讓句子變胖

> 這些楓葉從樹上飄下來，轉啊轉，彷彿是一位位穿着紅裙子的舞蹈家，真美啊！

想一想

想一想

> 我要把鞦韆盪得更高，跟楓葉一起在風裏跳舞。

　　秋高氣爽，小彬來到公園裏的楓樹下盪鞦韆。他穿着毛衣，繫着圍巾，在秋風裏也不覺得冷。小彬把鞦韆盪得高高的，楓葉在風中飛揚。「這些楓葉從樹上飄下來，轉啊轉，彷彿是一位位穿着紅裙子的舞蹈家，真美啊！我要把鞦韆盪得更高，跟楓葉一起在風裏跳舞。」想到這裏，小彬雙手使勁地抓緊了鞦韆繩，更加用力地盪着鞦韆，笑得更開心了。

約200字

好詞學一個 秋高氣爽 ｜指秋天天氣晴朗，空氣清爽，讓人感覺很舒服。

練一練

風景寫生

❶ 抓要素

時間

地點

誰

幹甚麼

❷ 找細節

環境

動作

表情

小貼士

「風景寫生」就是直接來到室外，照着自己所選定的景色來繪畫。

好詞大口袋

風景秀麗　靈感　陽光明媚
一模一樣　聚精會神　描繪
細緻　生動　欣喜

❸ 加上想像寫出來 ⋯⋯⋯⋯⋯⋯⋯⋯⋯⋯⋯

延伸
想一想　　陽光明媚　晴空萬里　風和日麗　萬里無雲

給小花澆水

1

抓要素，寫一句話

時間	星期六
地點	陽台
誰	元元
幹甚麼	澆花

星期六下午，元元在陽台上給花澆水。

約20字

表情	動作	環境	**② 找細節，把句子拉長**
認真	握着噴壺　半蹲着	陽台上有一盆仙人掌和兩盆山茶花	

　　一個烈日炎炎的星期六，天氣很悶熱，元元在陽台上澆花。陽台上有三盆花：一盆仙人掌，兩盆山茶花。仙人掌很耐旱，不怕熱；山茶花可不一樣，水澆得少了葉子就會發黃。元元趕緊給山茶花澆足了水。

約100字

字詞記一記　悶熱　炎熱　烈日炎炎　驕陽似火

③ 加想像，讓句子變胖

一盆山茶花因為經常澆水，已經開出了美麗的花朵；另一盆因為放在陽台最裏面，不方便澆水，所以花盆裏的土都乾了。

我以後一定會多照顧你，每天給你澆水、鬆土。你要努力地生長，也要開出漂亮的花來！

想一想　　　　**說一說**

一個烈日炎炎的星期六，天氣很悶熱，元元在陽台上澆花。陽台上有三盆花：一盆仙人掌，兩盆山茶花。仙人掌很耐旱，不怕熱；山茶花可不一樣，水澆得少了葉子就會發黃。一盆山茶花因為經常澆水，已經開出了美麗的花朵；而另一盆因為放在陽台最裏面，不方便澆水，所以花盆裏的土都乾了。元元有些抱歉地對那盆花說：「我以後一定會多照顧你，每天給你澆水、鬆土。你要努力地生長，也要開出漂亮的花來！」

約200字

好詞學一個　**烈日炎炎**｜形容夏天的陽光特別強，天氣熱得簡直像火在燒一樣。

練一練

讀書

① 抓要素

| 時間 |
| 地點 |
| 誰 |
| 幹甚麼 |

② 找細節

| 環境 |
| 動作 |
| 表情 |

小貼士

小女孩被書裏的内容吸引住了，她在想甚麼？

好詞大口袋

聚精會神　期待　柔軟
舒適　空氣清新　引人入勝

③ 加上想像寫出來……

延伸
想一想

聚精會神　專心　認真　入神　專心致志

剝花生

1

抓要素，寫一句話

時間	早上
地點	自家院子裏
誰	奶奶　紅紅
幹甚麼	剝花生

早上，紅紅在自家院子裏幫奶奶剝花生。

約20字

表情	動作	環境
奶奶微笑 紅紅很期待	把剝好的花生給奶奶看	桌子上有籃子、碗和花生

　　早上，紅紅起牀後看見奶奶在院子裏剝花生，她走過去坐在奶奶旁邊的小椅子上，學着奶奶的樣子剝起來。紅紅把自己剝出來的花生給奶奶看，期待奶奶的表揚。奶奶笑着稱讚她：「紅紅學得真快。」

約100字

字詞記一記　　表揚　稱讚　讚美　讚歎　讚不絕口

3 加想像，讓句子變胖

> 我來教你，食指和拇指要像小夾子一樣，使勁兒夾住花生尖的那頭。

> 奶奶，我的手指也成了夾花生的小夾子了！

奶奶説

紅紅説

　　早上，紅紅起牀後看見奶奶在院子裏剝花生，她走過去坐在奶奶旁邊的小椅子上，學着奶奶的樣子剝起來。可是花生殼硬極了，怎麼捏都捏不動。紅紅奇怪地想：「為甚麼奶奶輕鬆地一捏就捏開了，我卻不行呢？」奶奶在一旁看見了，笑着説：「我來教你，食指和拇指要像小夾子一樣，使勁兒夾住花生尖的那頭。」紅紅馬上學着做，花生殼果然輕而易舉地被夾開了。紅紅高興地説：「奶奶，我的手也成了夾花生的小夾子了！」奶奶微笑着稱讚她：「紅紅學得真快！」

　　　　　　　　　　　　　　　　約200字

好詞
學一個　　輕而易舉　｜　形容事情容易做，不費力，省事。

練一練

舉 啞 鈴

① 抓要素

- 時間
- 地點
- 誰
- 幹甚麼

② 找細節

- 環境
- 動作
- 表情

小貼士

練啞鈴的時候，向上舉時吸氣，向下放時呼氣。啞鈴可以鍛煉後背和胳膊的肌肉。

好詞大口袋

鍛煉　讚揚　強身健體　力量
堅持不懈　努力　意志堅定

③ 加上想像寫出來

延伸 想一想　鍛煉　跑步　游泳　登山　奧運會

誰游得快

1 抓要素，寫一句話

時間	暑假的一天
地點	游泳館
誰	文文和靜靜
幹甚麼	游泳

暑假的一天，文文和靜靜在游泳館裏游泳。

約20字

2

找細節，把句子拉長

表情	動作	環境
開心	奮力划水　水花四濺	室內游泳館　清澈的水

　　暑假來了，天氣特別炎熱。一天，文文和靜靜去游泳館游泳。他們在泳池裏游過來，游過去，奮力划水，弄得水花四濺，玩得開心極了。

約100字

溫故而知新　　開心　快樂　高興　炎熱　烈日炎炎

3 加想像，讓句子變胖

文文説

我們來比賽誰游得快，好不好？

靜靜説

我的游泳姿勢很標準，這樣能省去很多不必要的力氣！

　　暑假來了，天氣特別炎熱。一天，文文和靜靜去游泳館游泳。他們在泳池裏游過來，游過去，奮力地划水，弄得水花四濺，玩得開心極了。游了一會兒，文文説：「我們來比賽誰游得快，好不好？」靜靜高興地答應了。開始時文文領先，但是很快靜靜就超過了文文，先到達終點。看着有些沮喪的文文，靜靜笑着説：「我的游泳姿勢很標準，這樣能省去很多不必要的力氣！」文文恍然大悟地説：「看來姿勢標準很重要！」

約200字

好詞 學一個 水花四濺 ｜ 水受到擊打或是遇到阻力而激起水珠，四面飛濺的樣子。

我和媽媽踢毽子

① 抓要素

時間

地點

誰

幹甚麼

② 找細節

環境

動作

表情

小貼士

踢毽子可以有很多花樣。想像一下圖上的媽媽和女兒都踢出了甚麼好看的花樣。

好詞大口袋

上下飛舞 靈活 敏捷 矯健
金雞獨立 輕鬆自如 佩服
羨慕 擺動自如

③ 加上想像寫出來

延伸
想一想　踢 走 跑 跳 踩 跨 蹲

騎自行車

1 抓要素，寫一句話

時間	早晨
地點	郊外
誰	陽陽和菲菲
幹甚麼	騎自行車

　　假期的一個早晨，陽陽和菲菲來到郊外騎自行車。

約20字

表情	動作	環境
陽陽期待　菲菲微笑	陽陽招手　菲菲使勁兒騎車	鮮花盛開的小路

　　假期裏，一個風和日麗的早晨，陽陽來到郊外騎自行車。忽然，他聽見有人叫他的名字，回頭一看，發現同學菲菲也在騎自行車。他笑着向菲菲招手，菲菲使勁兒騎車追上來。兩人一邊騎車一邊聊天，度過了愉快的上午。

約100字

温故而知新　兩人一邊騎車一邊聊天　一邊走，一邊大口喘着粗氣

3 加想像，讓句子變胖

陽陽等等我！

菲菲早上好！我們一起騎車吧！

菲菲説

陽陽説

　　假期裏，一個風和日麗的早晨，陽陽來到郊外騎自行車，忽然聽見有人叫他：「陽陽等等我！」陽陽回頭一看，發現同學菲菲也在騎自行車。他笑着向菲菲招手，説：「菲菲早上好！我們一起騎車吧！」菲菲高興地答應了，使勁兒騎車追上來。他們一邊聊天一邊騎車，真開心！連路旁的小花都綻開了笑臉。兩人高高興興地並肩騎車，一起看風景，度過了一個愉快的上午。

約200字

好詞 學一個 　風和日麗 ｜ 和風習習，陽光燦爛。形容晴朗暖和的天氣。

練一練

小騎士

① 抓要素

- 時間
- 地點
- 誰
- 幹甚麼

② 找細節

- 環境
- 動作
- 表情

小貼士

圖上的景色怎麼樣？小騎士的表情甚麼樣？小騎士是怎麼想的？

好詞大代表

勇氣　自信　活潑可愛　跳躍
奔跑如飛　威武　帥氣

③ 加上想像寫出來

延伸
想一想

奔跑如飛　健步如飛　蹦蹦跳跳　大步流星

洗手帕

1 抓要素，寫一句話

時間	星期天
地點	家中的小院
誰	敏敏
幹甚麼	洗手帕

星期天，敏敏在家裏學會了洗手帕。

約20字

表情	動作	環境	2 找細節，把句子拉長
仔細檢查 開心	打開手帕拿着看	涼爽的下午	

　　涼爽的星期天下午，媽媽在院子裏教敏敏洗衣服。媽媽讓敏敏從洗手帕練起。敏敏把手帕放在水裏浸濕，然後打上肥皂，反反覆覆在手裏揉搓，再放在水裏清洗乾淨。她把洗好的手帕打開，仔細檢查，開心地說：「手帕白得像新的一樣。」媽媽誇獎了她。

約100字

温故而知新 誇獎　表揚　稱讚　讚美　讚歎　讚賞

3 加想像，讓句子變胖

肥皂泡泡越多越好，它們會把手帕上的髒東西都帶走的。

媽媽說

手帕洗得像新的一樣，又香又白！

敏敏說

　　涼爽的星期天下午，媽媽在院子裏教敏敏洗衣服。媽媽讓敏敏從洗手帕練起。敏敏把手帕放在水裏浸濕，然後打上肥皂，反反覆覆在手裏揉搓，上搓搓，下搓搓，搓出來好多的肥皂泡。媽媽在旁邊說：「肥皂泡泡越多越好，它們會把手帕上的髒東西都帶走的。」敏敏一聽，搓得更起勁兒了，搓好後把手帕放在水裏清洗乾淨，最後打開仔細檢查。她怡然自得地說：「手帕洗得像新的一樣，又香又白！」媽媽在一旁稱讚她：「敏敏學得真認真，手帕洗得好乾淨！」

約200字

好詞學一個 | 怡然自得 | 形容特別高興而滿足。

學 炒 菜

① 抓要素

- 時間
- 地點
- 誰
- 幹甚麼

② 找細節

- 環境
- 動作
- 表情

小貼士

想像一下小廚師為甚麼要學炒菜？他炒了甚麼好吃的菜？

好詞大口代表

手忙腳亂　按部就班　次序
克服困難　讚美　可口
意料之外　過程　實踐

③ 加上想像寫出來⋯⋯⋯⋯⋯⋯⋯⋯⋯⋯⋯⋯⋯⋯

延伸
想一想　　可口　美味　一日三餐　家常便飯

扣錯的鈕扣

1
抓要素，
寫一句話

時間	早上
地點	牀邊
誰	媽媽和倩倩
幹甚麼	倩倩把鈕扣扣錯了　媽媽提醒她

　　早上起牀，倩倩自己穿衣服，媽媽提醒她扣子扣錯了。

約20字

　　早上倩倩沒聽見鬧鐘響，媽媽來叫她時，她才趕緊起牀，匆匆忙忙穿衣服。她飛快地扣上扣子，慌裏慌張地就要往外走。媽媽連忙拉住她，指着她的衣服笑着說：「你先看看扣子扣得對嗎？」倩倩低頭一看，哎呀，全都扣錯了。她不好意思地說：「我太着急了！」

約100字

溫故而知新　　匆匆忙忙　工工整整　整整齊齊　穩穩當當

3 加想像，讓句子變胖

都怪我昨天晚上看電視看得太晚了，覺都沒睡夠，所以早上沒聽見鬧鐘的聲音。

倩倩說

睡不好覺，會影響白天的學習！以後要注意早睡。

媽媽說

　　早上倩倩沒聽見鬧鐘響，媽媽來叫她時，她才趕緊起牀，匆匆忙忙穿衣服。她飛快地扣上扣子，慌裏慌張地就要往外走。媽媽連忙拉住她，指着她的衣服笑着說：「你先看看扣子扣得對嗎？」倩倩低頭一看，哎呀！全都扣錯了。倩倩一邊把扣子解開重新扣，一邊說：「都怪我昨天晚上看電視看得太晚了，覺都沒睡夠，所以早上沒聽見鬧鐘的聲音。」媽媽說：「睡不好覺，會影響白天的學習！以後要注意早睡。」倩倩點點頭：「我以後一定準時睡覺。」

約200字

好詞 學一個 慌裏慌張｜指焦急不安，匆忙、慌亂的樣子。

刷牙要認真

① 抓要素

時間

地點

誰

幹甚麼

② 找細節

環境

動作

表情

小貼士

小朋友一邊刷牙,一邊聽媽媽講刷牙的重要性。媽媽會怎麼説呢?

好詞大口袋

潔白如玉　結實　偷懶
遺漏　縫隙　嚴重　危害
預防　掉以輕心

③ 加上想像寫出來

延伸 想一想

刷牙　起牀　穿衣服　洗臉　漱口

謝謝你

1

抓要素，寫一句話

時間	早晨
地點	上學路上
誰	婷婷和小雨
幹甚麼	小雨摔倒了　婷婷攙扶她

　　早晨，在上學的路上，小雨被石頭絆倒了。婷婷把她攙扶起來，小雨向婷婷道謝。

約20字

表情	動作	環境	2 找細節，把句子拉長
感激 着急	小雨摔倒了 婷婷伸手攙扶她	鬱鬱葱葱的樹木 整齊的石磚路	

　　一個晴朗的夏日早晨，婷婷和小雨約好一起上學。路兩邊的樹又高又大，茂密的枝葉為她們遮陽。小雨和婷婷一邊説笑一邊走，沒注意到前面整齊的石磚路上有一塊石頭。小雨踩到石頭絆倒在地，婷婷趕緊停住腳步，把小雨扶起來。小雨感激地説：「謝謝你。」

約100字

字詞 記一記　感激　謝謝你　感謝　多謝

3 加想像，讓句子變胖

> 你有沒有受傷？趕緊活動一下腳，有甚麼地方疼嗎？

> 我沒有受傷，只是踩到石頭沒站穩，摔倒了。謝謝你！

婷婷說

小雨說

　　一個晴朗的夏日早晨，婷婷和小雨約好一起上學。路兩邊的樹鬱鬱葱葱，茂密的枝葉為她們遮陽。小雨和婷婷一邊說笑一邊走，沒注意到前面整齊的石磚路上有一塊石頭。小雨踩到石頭絆倒在地，婷婷趕忙上前扶起小雨：「你有沒有受傷？趕緊活動一下腳，有甚麼地方疼嗎？」小雨搖搖頭，感激地說：「我沒有受傷，只是踩到石頭沒站穩，摔倒了。謝謝你！」為了不讓別人再摔倒，婷婷和小雨一起搬開了地上那塊惹事的石頭。

約200字

好詞學一個 鬱鬱葱葱 ｜ 形容草木長得蒼翠茂盛。

借橡皮擦

① 抓要素

時間

地點

誰

幹甚麼

② 找細節

環境

動作

表情

小貼士

忘帶橡皮擦的同學會怎麼想？他向同桌借橡皮的時候會說甚麼？

好詞大口代

友愛　互相幫助　感激　後悔
毫不在意　小心翼翼

③ 加上想像寫出來

延伸
想一想

互相幫助　助人為樂　雪中送炭

過馬路

1 抓要素，寫一句話

時間	放學時
地點	馬路邊
誰	強強和爺爺
幹甚麼	過馬路

放學時，強強拉着爺爺的手，帶着爺爺過馬路。

約20字

表情	動作	環境
強強很自信 爺爺很欣慰	強強拉着爺爺的手	紅綠燈 馬路

　　下午放學時，爺爺來學校接強強。過馬路的時候，強強對爺爺說：「爺爺，今天老師給我們講了過馬路的規則，我記得特別清楚，所以我想帶着您過一次馬路！」看到強強一臉自信，爺爺欣慰地説：「強強真是長大了。」

約100字

方法 學一學　看到強強一臉自信

③ 加想像，讓句子變胖

爺爺說
> 我來考考你，過馬路都要注意甚麼？甚麼時候能走？

強強說
> 過馬路要走斑馬線，要先等綠燈亮了才能往前走。走上斑馬線前還要左右看一看，確定沒車後再走。

　　下午放學時，爺爺來學校接強強。過馬路的時候，爺爺正要像往常一樣牽着強強的手走，強強卻停下來，對爺爺說：「爺爺，今天老師給我們講了過馬路的規則，我記得特別清楚，所以今天我想帶着您過一次馬路！」爺爺說：「我來考考你，過馬路都要注意甚麼？甚麼時候能走？」強強面對着川流不息的馬路，自信地說：「過馬路要走斑馬線，要先等綠燈亮了才能往前走。走上斑馬線前還要左右看一看，確定沒車後再走。」爺爺聽了，欣慰地說：「強強真是長大了。」

約200字

好詞學一個 川流不息 ｜ 形容行人、車馬等像水流一樣連續不斷。

請 喝 茶

① 抓要素

- 時間
- 地點
- 誰
- 幹甚麼

② 找細節

- 環境
- 動作
- 表情

小貼士

圖上的奶奶是客人還是那個小朋友的奶奶？對不同的人物，寫法可是各不相同的。

好詞大口袋

關心　體貼　稱讚　恭恭敬敬
香噴噴　連忙　細心

③ 加上想像寫出來

畫春天

1 抓要素，寫一句話

時間	春天
地點	公園裏
誰	珊珊和小超
幹甚麼	一起寫生

　　春天，珊珊和小超一起來到公園寫生，他們要把春天畫下來。

約20字

表情	動作	環境
兩人都十分認真	坐在小凳子上 拿着畫筆畫畫	小鳥自由地飛翔 小草嫩綠 鮮花盛開

　　春天來了，小草發芽，鮮花盛開，鳥兒在天上自由地飛翔。在一個陽光明媚的星期天，珊珊和小超一起去公園寫生，他們要把春天畫下來。他們仔細地觀察着周圍的環境，認真地拿起畫筆在紙上畫着。到太陽下山時，珊珊和小超都畫出了美麗的圖畫。

約100字

字詞記一記　　仔細　認真　專注　專心　潛心

3 加想像，讓句子變胖

我要用紅色的筆來畫溫暖的太陽，用粉色和黃色的筆畫草叢裏開放的小花。

我要用綠色的筆畫大樹，用藍色的筆畫藍天，用白色的筆畫白雲。

珊珊説

小超説

　　春天來了，小草發芽，鮮花盛開，鳥兒在天上自由地飛翔。在一個陽光明媚的星期天，珊珊和小超一起去公園寫生，他們要把春天畫下來。他們仔細地觀察着周圍的環境，拿起畫筆一絲不苟地在紙上畫着。珊珊説：「我要用紅色的筆來畫溫暖的太陽，用粉色和黃色的筆畫草叢裏開放的小花。」小超説：「我要用綠色的筆畫大樹，用藍色的筆畫藍天，用白色的筆畫白雲。」他們一直畫到太陽下山，都畫出了美麗的圖畫。珊珊對小超説：「看啊！我們把春天留在了紙上。」

約200字

好詞
學一個　一絲不苟 ｜ 指做事認真仔細，一點兒都不馬虎。

捉 蜻 蜓

①
抓要素

時間

地點

誰

幹甚麼

②
找細節

環境

動作

表情

小貼士

圖上的一個小朋友在用捕蟲網捕蜻蜓，但是蜻蜓是益蟲，不能隨便傷害。兩個小朋友會有不同意見嗎？

好詞大口袋

慚愧　興高采烈
追逐　輕盈　捕捉
貢獻　守衛　破壞

③ 加上想像寫出來

延伸
想一想

慚愧　內疚　愧疚　當之無愧　問心無愧

龜兔賽跑

1 抓要素，寫一句話

時間	有一天
地點	森林裏
誰	兔子和烏龜
幹甚麼	賽跑

有一天，烏龜和兔子約定在森林裏賽跑。

約20字

2

找細節，把句子拉長

表情	動作	環境
兔子驕傲 烏龜堅持不懈	兔子睡覺 烏龜使勁兒跑	森林 彎彎曲曲的小路

　　有一天，烏龜在森林裏碰到了兔子。兔子約烏龜在森林裏賽跑。第二天，兔子等了好久，烏龜才慢吞吞地來了，兔子忍不住笑話烏龜。比賽開始了，森林裏的小路彎彎曲曲的。兔子一回頭，看不見烏龜了，就靠在大樹下睡着了。最終，堅持不懈的烏龜取得了比賽的勝利。

約100字

字詞記一記　慢吞吞　慢悠悠　緩緩　急速

3 加想像，讓句子變胖

我是輸在太愛睡覺上了。

不對，你是輸在了驕傲上。

兔子説

烏龜説

　　有一天，烏龜在森林裏碰到了兔子。兔子約烏龜在森林裏賽跑。第二天，兔子等了好久，烏龜才慢吞吞地來了，兔子忍不住笑話烏龜。比賽開始了，兔子像箭一樣衝了出去。跑了一會兒，兔子往後一看，彎彎曲曲的小路上連烏龜的影子都沒有。兔子得意極了，索性躺在路邊的大樹下睡起了覺。烏龜毫不氣餒，牠一直用力地爬着，一邊爬一邊對自己説：「只要一直堅持下去，我一定會勝利！」等兔子醒了，烏龜已經爬到了終點。兔子後悔地説：「我是輸在太愛睡覺上了。」烏龜搖搖頭説：「不對，你是輸在了驕傲上。」

約200字

好詞
學一個

毫不氣餒 ｜ 雖然落後或失敗，但毫不泄氣，繼續努力，不放棄。

練一練

狐狸和烏鴉

① 抓要素

- 時間
- 地點
- 誰
- 幹甚麼

② 找細節

- 環境
- 動作
- 表情

小貼士

狐狸為了吃到烏鴉嘴裏的肉，想出了甚麼詭計？

好詞大口袋

狡猾　巧舌如簧　笨拙　誘人
貪婪　忍耐　垂頭喪氣
得意揚揚　可笑　欺騙

③ 加上想像寫出來

延伸
想一想　得意洋洋　自鳴得意　沾沾自喜　忘乎所以

給小動物們讀故事

1 抓要素，寫一句話

時間	夏天的午後
地點	屋子前面的空地
誰	佳佳和小動物們
幹甚麼	讀故事

> 　　夏天的午後，佳佳坐在屋子前面的空地上給小動物們讀故事。
>
> 　　　　　　　　　　　　　　約20字

表情	動作	環境	② 找細節，把句子拉長
聚精會神　面帶微笑	小狐狸趴着　小狗坐着　小兔子躺着　小貓蹲着	綠油油的草地　高大的房屋	

　　夏天的午後，佳佳拿了一本書，坐在家門口的空地上讀故事。佳佳讀得繪聲繪色，不一會兒她的周圍就聚集了很多小動物 —— 小白兔躺着，小花貓蹲着，小狐狸趴着，小狗坐着，牠們都聽得入神了。

約100字

方法 學一學

小白兔躺着，小花貓蹲着，小狐狸趴着，小狗坐着，牠們都聽得入神了。

③ 加想像，讓句子變胖

小動物們說
為甚麼停了？你快點繼續讀！

佳佳說
看看你們，一個個東倒西歪的樣子，這麼不懂禮貌，連「請」字都不說。等你們改正了我再往下讀。

　　夏天的午後，佳佳拿了一本書，坐在家門口的空地上讀故事。佳佳讀得繪聲繪色，不一會兒她的周圍就聚集了很多的小動物——小白兔懶散地躺着，小花貓托着腮幫子，小狐狸趴在地上，小狗眉開眼笑地坐着，牠們都聽得入神了。讀了一會兒，佳佳停了下來。小動物們七嘴八舌地叫道：「為甚麼停了？你快點繼續讀！」佳佳搖搖頭說：「看看你們，一個個東倒西歪的樣子，這麼不懂禮貌，連『請』字都不說。等你們改正了我再往下讀。」小動物們趕緊乖乖坐好，客氣地說：「佳佳，請你繼續讀故事吧。」

約200字

好詞
學一個

繪聲繪色 ｜ 形容在講述事物的時候，描述得非常生動、逼真。

森林下午茶

① 抓要素

- 時間
- 地點
- 誰
- 幹甚麼

② 找細節

- 環境
- 動作
- 表情

小貼士

這下午茶豐盛嗎？大家都開心嗎？他們會説些甚麼呢？

好詞大口袋

晴朗　溫暖　綠油油　柔軟
手舞足蹈　狼吞虎嚥　品嘗

③ 加上想像寫出來 ·······

延伸
想一想

品嘗　享用　狼吞虎嚥　細嚼慢嚥

過河

抓要素，
寫一句話

時間	夏天的早上
地點	河邊
誰	小猴、小豬和小熊
幹甚麼	砍樹　做船　過河

　　夏天的早上，小河漲水，變成了大河。小猴、小豬和小熊一起砍樹做成船，渡過了大河。

約20字

找細節，把句子拉長

表情	動作	環境
苦惱　開心	小猴思考 小豬拿斧子 小熊砍樹	寬闊的河 沒有船也沒有橋

　　夏天的早上，小貓邀請小猴、小豬、小熊一起去牠的家裏玩兒，大家很高興地答應了。小貓的家住在河對岸，中間原本隔着一條小河，可是前一天晚上下雨，小河漲水，變成了大河。附近沒有橋，大家可怎麼過去呢？小猴提出了砍樹做船的主意，於是大家分頭行動，做好了船，過了河。

約100字

字詞記一記　　邀請　邀約　赴約　失約　爽約

3 加想像，讓句子變胖

> 我們砍一棵樹，做成小木船划過去不就行了？

小猴說

> 小豬說：「對！我去拿斧子。」小熊說：「我力氣大，我來砍樹！」

小影伴說

夏天的早上，小貓邀請小猴、小豬、小熊一起去牠的家裏玩兒，大家很高興地答應了。小貓的家住在河對岸，中間原本隔着一條小河，可是前一天晚上下雨，小河漲水，變成了大河。附近沒有船，大家可怎麼過去呢？小猴看到岸邊的大樹，想出一個主意，牠說：「我們砍一棵樹，做成小木船划過去不就行了？」小豬說：「對！我去拿斧子。」小熊說：「我力氣大，我來砍樹！」大家分工合作一起做了一條小船，划過了河，高興地到小貓家做客去了。

約200字

好詞 學一個　分工合作　│　眾人各司其職，共同幹一件事。

練一練

小貓釣魚

① 抓要素

時間

地點

誰

幹甚麼

② 找細節

環境

動作

表情

小貼士

小貓釣上魚了嗎？小狐狸急匆匆地趕來，要提醒牠甚麼？

好詞大口袋

耐心　自言自語　規規矩矩
急匆匆　等待　原因
啼笑皆非　意外

③ 加上想像寫出來

延伸
想一想

自言自語　自吹自擂　自私自利　自給自足

097

老鷹風箏

1

抓要素，寫一句話

時間	秋天
地點	田野裏
誰	輝輝和麥麥
幹甚麼	放風箏

秋天，輝輝和麥麥在田野裏放風箏。

約20字

表情	動作	環境
生氣　沮喪　開心	使勁拉着風箏線　快速跑	廣闊的田野

　　秋風送來陣陣清涼，這樣的天氣最適合放風箏了。輝輝和麥麥帶着風箏來到田野，兩人使勁兒拉着風箏線快速地跑。輝輝的蝴蝶風箏很快就飛上了天空，可麥麥的老鷹風箏卻怎麼也飛不高。就在麥麥有些灰心喪氣的時候，輝輝指點了放風箏的方法。麥麥順利把風箏放上了天，兩人玩得很開心。

約100字

温故而知新　　灰心　喪氣　氣餒　毫不氣餒　垂頭喪氣

③ 加想像，讓句子變胖

破風箏，總也放不起來，我不玩了。

老鷹風箏的鷹頭比普通風箏重，在風箏剛放起來的時候要注意不能一下子拉得太高。

麥麥說

輝輝說

　　秋風送來陣陣清涼，這樣的天氣最適合放風箏了。輝輝和麥麥帶着風箏來到田野，兩人使勁兒拉着風箏線快速地跑。輝輝的蝴蝶風箏很快就飛上了天空，可麥麥的老鷹風箏卻怎麼也飛不高，每次都在飛到一半的時候突然一頭栽下來，重重地摔在地上。麥麥灰心喪氣地把風箏扔在一邊說：「破風箏，總也放不起來，我不玩了。」輝輝走過來說：「老鷹風箏的鷹頭比普通風箏重，在風箏剛放起來的時候要注意不能一下子拉得太高。」麥麥按着輝輝說的放，老鷹風箏果然順利地飛高了。田野裏響起輝輝和麥麥快樂的笑聲。

約200字

好詞 學一個　灰心喪氣 ｜ 因遭受挫折或失敗而失去信心，意志消沉。

練一練

踢 毽 子

① 抓要素

- 時間
- 地點
- 誰
- 幹甚麼

② 找細節

- 環境
- 動作
- 表情

小貼士

兩個小朋友踢得開心嗎？
她們說了些甚麼？

好詞大口袋

穩穩當當　控制　游刃有餘
恰到好處　喜悅　嘗試
躍躍欲試

③ 加上想像寫出來

延伸
想一想　喜悅　歡暢　雀躍　興高采烈　心花怒放

小鴨子得救了

時間	一天早晨
地點	大坑內外
誰	小鴨　小猴　小熊　小象
幹甚麼	小鴨掉到坑裏　大家一起救牠

　　一天早晨，小鴨掉進了坑裏，小猴、小熊、小象一起往坑裏灌水，把小鴨救了出來。

約20字

找細節，把句子拉長

表情	動作	環境
焦急　高興	小猴用竹竿撈　小熊用水桶倒水　小象用鼻子噴水	草叢裏深深的大坑

一天，小鴨不小心掉進了草叢中的大坑。小猴想用竹竿把小鴨撈上來，可竹竿太滑，小鴨抓不住；小熊想把大坑裏裝滿水，讓小鴨漂上來，可大坑太大、水桶太小，老是灌不滿；小象想用長鼻子把小鴨捲上來，可是根本夠不到小鴨。最後大家想了個好辦法，一起去運水，水很快就把大坑填滿了，小鴨得救了。

約100字

方法
學一學

小象想用長鼻子把小鴨捲上來，可是根本夠不到小鴨。

③ 加想像，讓句子變胖

我掉在大坑裏了，大家快來救我！

我們大家一起往水坑裏灌水，不就可以快一些填滿這個大坑嗎？

小鴨說

小象說

　　一天，小鴨掉進了草叢中的大坑。小鴨很害怕，使勁叫起來：「我掉在大坑裏了，大家快來救我！」小夥伴們聽見呼救聲連忙趕來。小猴想用竹竿把小鴨撈上來，可竹竿太滑，小鴨抓不住；小熊想把大坑裏裝滿水，讓小鴨漂上來，可大坑太大、水桶太小，老是灌不滿；小象想用長鼻子把小鴨捲上來，可是根本夠不到小鴨。大家正在着急，小象靈機一動，高興地說：「我們大家一起往水坑裏灌水，不就可以快一些填滿這個大坑了嗎？」大家聽完都說好，小象用鼻子吸水，小猴和小熊用水桶提水，大家一起努力，小鴨浮在水上，得救了。

約200字

好詞學一個 靈機一動 ｜ 形容靈敏機智，突然想出辦法或主意。

練一練

好 朋 友　抓要素

1
| 時間 | 地點 |
| 誰 | 幹甚麼 |

2 找細節

環境

動作

表情

小貼士

為甚麼大家都不願意挨着
小刺蝟坐呢？最後誰想到
了好辦法？

3 加上想像寫出來·

好詞大口袋

大喊大叫　理睬　躲避
討厭　左顧右盼　連忙
津津有味　疑惑　親密無間

延伸
想一想　左顧右盼　左鄰右舍　左鄰右里　左右逢源

105

路上的香蕉皮

1

抓要素，寫一句話

時間	放學回家時

地點	小路上

誰	欣欣和小光

幹甚麼	小光亂扔香蕉皮　欣欣踩到香蕉皮摔倒了

　　放學回家的路上，小光吃完香蕉亂扔皮，欣欣踩到香蕉皮摔倒了。

約20字

找細節，把句子拉長

表情	動作	環境
小光得意　欣欣委屈 小光後來害羞	小光隨手亂丟香蕉皮 欣欣摔倒後哭泣	香蕉皮被扔在乾淨的路上 不遠處有垃圾桶

　　小光唱着歌走在回家的路上。他拿出香蕉，幾口吃完，隨手把皮扔在了地上。垃圾桶離他很近，但是小光卻視而不見。突然，他聽見後面傳來「哎喲！」的聲音，回頭一看，原來是剛才自己扔的香蕉皮害得欣欣滑倒了。欣欣站起來，擦乾眼淚，把香蕉皮扔進了垃圾桶。小光不由得臉紅了，趕緊跑過去向欣欣道歉。

約100字

字詞記一記　道歉　抱歉　歉意　對不起

3 加想像，讓句子變胖

哎喲！是誰扔的香蕉皮？

真對不起，是我扔的香蕉皮。我以後再也不亂扔垃圾了。

欣欣説

小光説

　　小光唱着歌走在回家的路上。他拿出香蕉，幾口吃完，隨手把皮扔在了地上。垃圾桶離他很近，但是小光卻視而不見。突然，他聽見後面傳來聲音：「哎喲！是誰扔的香蕉皮？」回頭一看，原來是剛才自己扔的香蕉皮害得欣欣滑倒了。欣欣雖然腿磕破了皮，疼得流出了眼淚，但是很快就站起來，把香蕉皮扔進了垃圾桶。小光看到這一切，不由得臉紅了。他趕緊跑過去，向欣欣道歉：「真對不起，是我扔的香蕉皮。我以後再也不亂扔垃圾了。」

約200字

好詞 學一個 視而不見 ｜ 指不注意，不重視，睜着眼卻沒看見。也指不理睬，看見了當作沒看見。

愛護花草

❶ 抓要素

- 時間
- 地點
- 誰
- 幹甚麼

❷ 找細節

- 環境
- 動作
- 表情

小貼士

圖上正在寫生的同學，用甚麼好方法勸告別人愛護花草？

好詞大口袋

一模一樣　鮮豔　美麗
勸告　責任　愛護　榜樣

❸ 加上想像寫出來

延伸
想一想　　責任　負責　天下興亡，匹夫有責

危險的井蓋

1

抓要素，寫一句話

時間	夏天的早晨

地點	果園

誰	小猴

幹甚麼	小猴被井蓋絆倒　他把井蓋重新蓋好

　　夏天的早晨，小猴被掀開的井蓋絆倒了。小猴怕井蓋再絆倒別人，把井蓋重新蓋好了。

約20字

表情	動作	環境	② 找細節，把句子拉長
驚訝 開心 欣慰	抱着籃子 跌倒 使勁兒推井蓋 撿回果子	結滿果子的果園	

　　夏天的早晨，小猴去果園裏摘了一大籃新鮮的果子，高高興興地往家裏走。忽然腳下一絆，摔倒了，籃子被拋了出去，果子滾得好遠。小猴驚訝地發現是路上的井蓋被打開了。小猴連忙彎下腰，使出渾身的力氣把井蓋蓋上。小猴一邊把掉落的果子撿回來，一邊高興地想：「這下好了，沒有危險了。」

約100字

字詞 記一記　果園　果子　水果　果樹　果汁

③ 加想像，讓句子變胖

井口空空的，好像一頭獅子張開吃人的大嘴，裏面一片漆黑。

井蓋這樣擱着很危險，如果別人也跟我一樣被絆倒，或者更糟糕——掉下去，那可就慘了。

看一看　　想一想

　　夏天的早晨，小猴去果園裏摘了一大籃新鮮的果子，高高興興地往家裏走。忽然腳下一絆，摔倒了，籃子被拋了出去，果子滾得好遠。小猴一看，絆倒自己的是路上被掀開的井蓋，井口空空的，好像一頭獅子張開吃人的大嘴，裏面一片漆黑。小猴鬆了口氣：「好險啊！幸好我沒掉下去。」回過神來，小猴自言自語：「井蓋這樣擱着很危險，如果別人也跟我一樣被絆倒，或者更糟糕——掉下去，那可就慘了。」小猴連忙彎下腰，使出渾身的力氣把井蓋蓋上。看着復原的井蓋，小猴一邊撿着果子一邊想：「這下好了，沒有危險了。」

約200字

好詞學一個 自言自語｜自己和自己說話。

找媽媽

1 抓要素

- 時間
- 地點
- 誰
- 幹甚麼

2 找細節

- 環境
- 動作
- 表情

小貼士

小雞和媽媽走失了，多虧了燕子的幫助才與媽媽團聚。燕子是怎麼做的？

好詞大口袋

晴朗　熱心助人　擔心
驚慌失措　大驚失色
心急火燎　安全　團聚

3 加上想像寫出來

延伸
想一想

驚慌失措　大驚失色　大吃一驚　大驚小怪

蘑菇雨傘

1 抓要素，寫一句話

時間	黃昏
地點	森林裏
誰	小兔子
幹甚麼	小兔子舉着大蘑菇當傘回了家

　　黃昏，小兔子在森林裏採蘑菇。下雨了，小兔子舉着大蘑菇當傘回了家。

約20字

表情	動作	環境	**2** 找細節，把句子拉長
着急　得意	舉着大蘑菇當雨傘	長着蘑菇的森林	

　　黃昏，小兔子在樹林裏採蘑菇。牠剛採了個大蘑菇，突然暴雨從天而降。小兔子正苦惱怎麼回家，忽然想起自己採的大蘑菇，於是牠把大蘑菇舉在頭頂當傘跑回了家。兔奶奶聽了牠的做法，稱讚牠很聰明。

約100字

字詞 記一記　聰明　聰穎　聰慧　聰明伶俐

加想像，讓句子變胖

這可怎麼辦？冒着大雨回家，一定會感冒的；在樹下躲雨，天一黑，森林裏多可怕啊！

這個花蘑菇又大又圓，長得多像一把花雨傘啊！

 想—想

 說—說

　　黃昏，小兔子在樹林裏採蘑菇。牠剛採了個大蘑菇，突然天空中電閃雷鳴，暴雨從天而降。小兔子着急起來，牠想：「這可怎麼辦？冒着大雨回家，一定會感冒的；在樹下躲雨，天一黑，森林裏多可怕啊！」到底怎麼辦才好？小兔子看着自己採的大蘑菇，一下子高興地跳起來：「這個花蘑菇又大又圓，長得多像一把花雨傘啊！」小兔子把蘑菇舉在頭頂當傘，回到家的時候身上一點兒沒淋濕。小兔子對兔奶奶說了自己的做法，兔奶奶稱讚牠：「你真是一隻聰明的小兔子！」

約200字

好詞
學一個　電閃雷鳴 │ 空中電光閃爍，雷聲轟鳴。比喻快速有力，也比喻轟轟烈烈。

練一練

小刺猬運果子

① 抓要素

時間
地點
誰
幹甚麼

② 找細節

環境
動作
表情

小貼士

小刺猬想了幾個辦法運果子？在第二個辦法中，小刺猬是怎麼把果子放到背上的？

好詞大口袋

又大又紅　數不清　滿頭大汗
收穫　心滿意足　茂密　費勁
欣喜

③ 加上想像寫出來 ⋯⋯⋯⋯⋯⋯⋯⋯

延伸
想一想

滿頭大汗　汗流浹背　冷汗

一根大骨頭

1 抓要素，寫一句話

時間	一天
地點	草叢裏
誰	小螞蟻
幹甚麼	把大骨頭一起扛回家

　　一隻小螞蟻在草叢裏發現了一根大骨頭，牠叫來小夥伴一起把大骨頭扛回了家。

約20字

找細節，把句子拉長

表情	動作	環境
興奮 思考 開心	骨頭 一羣小螞蟻一起扛着	茂盛的草叢

　　小螞蟻找食物時看見草叢裏有一個龐然大物，牠趕緊爬過去一看，原來是一根大骨頭。小螞蟻興奮地想：「啊，這根骨頭好大！可以吃好久。」可是，小螞蟻用盡力氣也搬不動骨頭。後來小螞蟻叫來了很多小夥伴，一起把骨頭扛回了家。

約100字

字詞 記一記 龐然大物　龐大　巨大　細小　微小　小巧玲瓏

3 加想像，讓句子變胖

看來我要把小夥伴們叫來一起搬才行。

真是團結力量大！

 想一想

 説一説

　　小螞蟻找食物時看見前面的草叢裏有一個龐然大物，牠趕緊爬過去一看，原來是一根大骨頭。小螞蟻興奮地想：「啊，這根骨頭好大！可以吃好久。」可是，這根骨頭實在太大了，小螞蟻用盡力氣還是搬不動。牠想：「看來我要把小夥伴們叫來一起搬才行。」牠跑回家，叫來了小夥伴們。大家一起行動，有的扛着骨頭的左邊，有的抬着骨頭的右邊，還有的在骨頭的中間頂着。小夥伴們齊心協力，終於把骨頭搬回了家。大家笑着説：「真是團結力量大！」

約200字

好詞 學一個 龐然大物 ｜ 形容物體高大的樣子，也指高大笨重的東西。

幫忙

① 抓要素

時間

地點

誰

幹甚麼

② 找細節

環境

動作

表情

小貼士

長頸鹿是怎麼幫小熊拿到掛在樹上的風箏的？

好詞大口袋

輕輕鬆鬆　愛不釋手　傷心
安慰　不知所措　笑呵呵
小事一樁　失望　解決

③ 加上想像寫出來‧‧‧‧‧‧‧‧‧‧‧‧‧‧‧‧‧‧

延伸
想一想　傷心　悲哀　難過　黯然神傷　心如刀割
肝腸寸斷

有趣的大象

❶ 抓要素

時間	炎熱的夏日
地點	水塘裏
誰	大象
幹甚麼	洗澡

❷ 找細節

環境	清涼的水塘 耀眼的太陽
動作	用鼻子噴水
外形	蒲扇一樣的耳朵 長長的鼻子

一句話提示

大象的鼻子長長的,有力又靈活,可以像人的手一樣撿起東西,也可以搬運沉重的木頭。大象的耳朵像兩把大扇子,一下一下扇着風。

我的鉛筆盒

❶ 抓要素

甚麼東西	鉛筆盒
誰的	我的
顏色	藍色

❷ 找細節

外形	長方形
用處	收納學習用具
評價	是我學習的好幫手

一句話提示

可以介紹一下鉛筆盒裏的用具都有哪些,以及它對你的重要性。

電視機

① 抓要素

甚麼東西	電視機
誰的	我家的
顏色	黑色

② 找細節

外形	長方形
用處	收看電視節目
評價	陪伴我度過很多快樂時光

一句話提示

電視可不是甚麼時候都能看的，只有在週末做完作業後才能看，所以我格外珍惜看電視的時間。

小蜜蜂採蜜

① 抓要素

時間	夏天
地點	花叢
有甚麼	花朵 蜜蜂 蝴蝶

② 找細節

遠景	雲朵 山 樹
近景	蜜蜂 蝴蝶 花
畫面	蜜蜂在花叢中採蜜 蝴蝶在花叢中飛舞

一句話提示

小蜜蜂整天嗡嗡嗡地飛來飛去，不辭辛苦，為人們釀造香甜可口的蜂蜜。小蝴蝶為了給小蜜蜂消除疲勞，在花叢上方翩翩起舞。

小荷塘

 抓要素

時間	夏天
地點	小荷塘
有甚麼	荷花 蜻蜓

② 找細節

遠景	水 荷葉
近景	荷花 蜻蜓
畫面	蜻蜓在荷花上方飛來飛去

一句話提示

小小的荷塘美極了。有的荷花還是花苞，有的正在盛開；有的花瓣已經掉落，露出了嫩嫩的蓮蓬。

秋天的田野

 抓要素

時間	秋天
地點	田野
有甚麼	楓樹 魚塘 莊稼 遠山

② 找細節

遠景	連綿的山 雲朵 田野
近景	楓樹 魚塘
畫面	雲淡風輕 莊稼豐收 樹葉紛飛

一句話提示

秋天是豐收的季節，但也有些蕭瑟，因為臨近冬天了。樹上的葉子飄落，花草也開始衰敗。試着寫寫秋天的另一面。

下雪了

❶ 抓要素

時間	冬天
地點	街道上
有甚麼	皚皚白雪

❷ 找細節

遠景	房子　道路
近景	雪人 冒着炊煙的房子
畫面	大雪紛飛 到處都被白雪 覆蓋

一句話提示

雪景不好寫，因為到處都是白茫茫的。可以試着寫感受，寫出意境來。

別人的草莓

❶ 抓要素

時間	夏天的午後
地點	大路邊的草莓田
誰	小刺蝟
幹甚麼	想摘草莓

❷ 找細節

環境	草莓田裏的草莓 又紅又大
動作	手伸出去又縮了 回來
表情	猶豫　思考

一句話提示

小刺蝟在路邊看見田裏又紅又大的草莓，饞極了。牠真想痛痛快快地吃一頓，可是牠想到小猴種草莓時的辛苦，就忍住沒摘。小猴知道了會送一些草莓給小刺蝟嗎？

奶奶辛苦了

① 抓要素

時間	週末的下午
地點	自家的院子
誰	阿魯和奶奶
幹甚麼	為奶奶捶背

② 找細節

環境	院子裏有遮陽的大樹 地上有菜籃子
動作	輕輕捶背 剝豆子
表情	欣慰 高興

一句話提示

奶奶歲數大了，剝豆子時總是彎着腰，累得腰酸背痛。阿魯特別心疼奶奶，趕緊去給奶奶捶背。

我和爸爸釣魚

① 抓要素

時間	暑假的一天
地點	郊外的河邊
誰	我和爸爸
幹甚麼	釣魚

② 找細節

環境	綠茵茵的草地 清涼的小河
動作	使勁抬魚竿
表情	焦急 偷笑

一句話提示

我釣魚的時候，剛開始魚兒怎麼也不肯上鈎。後來我聽從爸爸的建議，耐心守候，終於一條大魚咬鈎了。可是魚太大了，我沒辦法拉上來。

觀察蝴蝶

❶ 抓要素

時間	早晨
地點	公園
誰	小珊
幹甚麼	看蝴蝶

❷ 找細節

環境	花香濃郁 彩蝶環繞
動作	屏住呼吸 探頭
表情	驚歎 喜愛

 一句話提示

蝴蝶為甚麼喜歡在花間飛舞？因為牠們靠吸食花蜜為生。可以寫寫蝴蝶的生活習性。

風景寫生

❶ 抓要素

時間	週末
地點	郊外
誰	阿蓮
幹甚麼	寫生

❷ 找細節

環境	樹木茂盛 藍天白雲
動作	拿着畫筆在紙上描繪
表情	自信

 一句話提示

阿蓮第一次來郊外寫生，她覺得新鮮極了。在現場看着風景作畫，效果格外好，還特別有成就感。

讀書

	❶ 抓要素		❷ 找細節
時間	週末	環境	舒適的沙發 安靜的房間
地點	家中的客廳		
誰	小雪	動作	雙手捧着書
幹甚麼	看書	表情	全神貫注

一句話提示

讀書是一件非常美好的事情。如果你喜歡讀書，你就永遠不會孤獨寂寞，因為書是最好的夥伴。寫寫讀書的感覺吧。

舉啞鈴

	❶ 抓要素		❷ 找細節
時間	早上	環境	明亮的客廳
地點	家中的客廳		
誰	希希和哥哥	動作	單手舉着啞鈴
幹甚麼	看哥哥舉啞鈴	表情	欽佩 輕鬆

一句話提示

哥哥想把雙臂練得更有力量，因此他堅持舉啞鈴，從來沒間斷。現在他已經可以很輕鬆地把啞鈴舉來舉去了。

我和媽媽踢毽子

① 抓要素

時間	晚飯後
地點	樓下的健身場
誰	嬌嬌和媽媽
幹甚麼	踢毽子

② 找細節

環境	周圍有一些健身器材
動作	抬腳 踢腿
表情	開心

一句話提示

當媽媽還是小女孩的時候，她也非常喜歡踢毽子。媽媽覺得踢毽子可以鍛煉身體的靈活性，所以帶着嬌嬌一起練習踢毽子。

小騎士

① 抓要素

時間	週末
地點	騎馬場
誰	斌斌和森森
幹甚麼	練習馬術

② 找細節

環境	開闊的跑道 障礙欄
動作	揚起馬鞭 抓韁繩
表情	緊張 放鬆

一句話提示

做一名小騎士必須要堅強勇敢，而且還要和自己騎的馬有很好的感情，這樣馬才會配合小騎士做動作。

學炒菜

❶ 抓要素

時間	週末
地點	家裏的廚房
誰	元元
幹甚麼	炒菜

❷ 找細節

環境	煤氣灶 抽油煙機
動作	揮舞鍋鏟 端着炒鍋
表情	得意

一句話提示

小廚師第一次炒菜成功了嗎？有沒有家長在旁邊指點他？

刷牙要認真

❶ 抓要素

時間	早晨
地點	家裏的洗手間
誰	妞妞和媽媽
幹甚麼	刷牙

❷ 找細節

環境	明亮的鏡子
動作	擠牙膏 拿着牙刷刷牙
表情	認真

一句話提示

妞妞特別愛吃糖，但是她不愛刷牙，結果嘴裏的牙被蛀壞了好幾顆。妞妞看完牙醫之後，決定每天要好好刷牙。

借橡皮擦

❶ 抓要素

時間	上午的第一節課
地點	教室
誰	小山和小茹
幹甚麼	借橡皮擦

❷ 找細節

環境	安靜的教室
動作	遞橡皮擦
表情	微笑　羞澀

一句話提示

小山昨天晚上沒有認真檢查鉛筆盒，所以沒有帶橡皮擦。可是一會兒就有語文考試，小山正在着急，小茹主動提出和小山共用一塊橡皮擦。

請喝茶

❶ 抓要素

時間	晚上
地點	客廳
誰	彤彤和鄰居奶奶
幹甚麼	送茶水

❷ 找細節

環境	寬敞的客廳
動作	捧着茶杯
表情	恭敬　微笑

一句話提示

鄰居家的奶奶來彤彤家做客，彤彤趕忙倒了一杯茶，遞給奶奶。

捉蜻蜓

	❶ 抓要素		❷ 找細節
時間	夏天的晚飯後	環境	天氣悶熱 快要下雨了
地點	公園	動作	拿着捕蟲網 揮舞
誰	靈靈和南南	表情	氣惱 微笑
幹甚麼	南南捉蜻蜓 靈靈勸阻		

一句話提示

悶熱的夏天，快要下雨了，有很多蜻蜓低低地飛。南南拿了捕蟲網去捕蜻蜓，靈靈見了，趕緊阻攔，告訴南南：「蜻蜓是益蟲，我們要保護牠們。」

狐狸和烏鴉

	❶ 抓要素		❷ 找細節
時間	春天	環境	高高的大樹 濃密的草叢
地點	大樹下	動作	叼着肉 手舞足蹈
誰	烏鴉和狐狸	表情	疑惑 獻媚
幹甚麼	狐狸騙走了烏鴉叼着的肉		

一句話提示

烏鴉撿到了一塊肉，牠高興地站在樹枝上正準備吃。不知從哪裏跑來一隻狐狸，牠稱讚烏鴉的歌聲動聽。烏鴉信以為真，便張開嘴唱歌，結果肉掉到了樹下。

森林下午茶

❶ 抓要素

時間	下午
地點	草地上
誰	小雨和小動物們
幹甚麼	一起喝下午茶

❷ 找細節

環境	柔軟的草地 風輕雲淡
動作	倒茶 蹦跳
表情	開心 新奇

一句話提示

小雨特別喜歡自己動手做小點心，她還會沏香噴噴的花草茶。小動物們聞到香味，都來和小雨一起喝下午茶。

小貓釣魚

❶ 抓要素

時間	一天中午
地點	小河邊
誰	狐狸和小貓
幹甚麼	釣魚

❷ 找細節

環境	風和日麗 流淌的小河
動作	握着釣竿
表情	胸有成竹

一句話提示

小狐狸要去小貓家裏做客，小貓趕緊到河邊釣魚，打算做一頓豐盛的晚餐招待朋友。

踢毽子

❶ 抓要素

時間	週末
地點	公園
誰	茜茜和姐姐
幹甚麼	踢毽子

❷ 找細節

環境	高大的樹 平坦的小路
動作	抬腿 點頭
表情	興致勃勃

一句話提示

茜茜是個不喜歡運動的孩子，一動就喊累。姐姐為了讓茜茜改變想法，週末帶她去公園裏踢毽子。

好朋友

❶ 抓要素

時間	週末的下午
地點	圖書館
誰	小刺猬 兔子 烏龜 小狐狸
幹甚麼	坐在一起看書

❷ 找細節

環境	安靜的圖書館 擺放整齊的長條椅
動作	躲避 跳起來
表情	生氣 害怕 傷心

一句話提示

小刺猬渾身都是刺，誰也不願意和牠坐在一起，小刺猬傷心極了。牠覺得自己不會有朋友了。這時小烏龜走過來坐在牠的身邊，小烏龜身上有厚厚的甲殼，一點都不怕被小刺猬扎到。

愛護花草

	① 抓要素		**②** 找細節	
時間	週末	環境	鮮花盛開的花壇 柳絲低垂	
地點	公園			
誰	凡凡和小威	動作	摘花 畫畫	
幹甚麼	小威向凡凡宣傳要愛護花草	表情	喜愛 驚訝 羞澀	

一句話提示

凡凡看到公園裏盛開的鮮花,特別喜歡,他想摘一朵送給媽媽。在一旁寫生的小威攔住了他,告訴他應當愛護花草,並把自己畫的花給凡凡,讓他送給媽媽。

找媽媽

	① 抓要素		**②** 找細節	
時間	春天的早晨	環境	茂盛的草地	
地點	田野			
誰	母雞 小雞 燕子	動作	飛來飛去 東張西望	
幹甚麼	小雞和母雞走散了,燕子幫助牠們團聚	表情	着急 害怕 高興	

一句話提示

雞媽媽帶着雞寶寶去田野裏捉蟲子。雞寶寶走散了,急得「哇哇大哭」,在熱心的小燕子的幫助下,雞媽媽終於和雞寶寶團聚了。

小刺猬運果子

	① 抓要素		② 找細節
時間	秋天的早晨	環境	結滿蘋果的果園
地點	蘋果園	動作	裝袋子 打滾
誰	小刺猬	表情	為難 得意
幹甚麼	運蘋果		

一句話提示

小刺猬去果園採摘豐收的蘋果，牠準備了很多紙袋裝蘋果。可是蘋果太沉，紙袋全都撐破了。小刺猬靈機一動，把蘋果放在地上，自己上去打了個滾，蘋果都被牠背上的刺扎在背上了。

幫忙

	① 抓要素		② 找細節
時間	秋天	環境	長着很多大樹的樹林
地點	樹林	動作	伸長脖子 咬住風箏
誰	小熊 長頸鹿	表情	難過 發愁 欣喜
幹甚麼	風箏掛在樹上，長頸鹿幫小熊取下		

一句話提示

小熊在樹林裏放風箏，一不小心風箏被掛在了高高的樹枝上，路過的長頸鹿幫忙把風箏摘了下來。

商務印書館（香港）有限公司
THE COMMERCIAL PRESS (H.K.) LTD.

 階梯閱讀空間

階梯式分級照顧閱讀差異

◆ 平台文章總數超過3,500多篇，提倡廣泛閱讀。

◆ 按照學生的語文能力，分成十三個閱讀級別，提供符合學生程度的閱讀內容。

◆ 平台設有升降制度，學生按閱讀成績及進度，而自動調整級別。

結合閱讀與聆聽

◆ 每篇文章均設有普通話朗讀功能，另設獨立聆聽練習，訓練學生聆聽能力。

◆ 設有多種輔助功能，包括《商務新詞典》字詞釋義，方便學生學習。

鼓勵學習·突出成就

◆ 設置獎章及成就值獎勵，增加學生成就感，鼓勵學生活躍地使用閱讀平台，培養閱讀習慣，提升學習興趣。

如想了解，可進入：https://cread.cp-edu.com/index.php

查詢電話：2976-6628

查詢電郵：marketing@commercialpress.com.hk

「階梯閱讀空間」個人版於商務印書館各大門市有售

 榮獲「最佳數碼共融獎」
HONG KONG
ICT AWARDS
2011 香港資訊及
通訊科技獎